KB110098

비 오는 날, 태양다방

비 오는 날, 태양다방

발행일	2020년 7월 31일		
지은이	한관희		
펴낸이	손형국		
펴낸곳	(주)북랩		
편집인	선일영	편집	강대건, 윤성아, 최예은, 최승헌, 이예지
디자인	이현수, 한수희, 김민하, 김윤주, 허지혜	제작	박기성, 황동현, 구성우, 권태련
마케팅	김회란, 박진관, 장은별		

출판등록 2004. 12. 1(제2012-000051호)
주소 서울특별시 금천구 가산디지털 1로 168, 우림라이온스밸리 B동 B113~114호, C동 B101호
홈페이지 www.book.co.kr
전화번호 (02)2026-5777   팩스   (02)2026-5747

ISBN   979-11-6539-340-3 03810 (종이책)   979-11-6539-341-0 05810 (전자책)

이 도서의 국립중앙도서관 출판예정도서목록(CIP)은 서지정보유통지원시스템 홈페이지(http://seoji.nl.go.kr)와
국가자료공동목록시스템(http://www.nl.go.kr/kolisnet)에서 이용하실 수 있습니다.
(CIP제어번호: CIP2020031783)

비
오는
날,

태양다방

한관희
시집

북랩 book Lab

프롤로그

2017년 1월 첫 시집『눈 오는 날, 태양다방』을 출간한 후, 3년 반 만에 두 번째 시집『비 오는 날, 태양다방』을 세상에 선보이게 되었다. 그동안 써왔던 시들을 한 권의 책으로 묶으려다 보니 후련함보다는 부끄러움이 앞선다.

이제 애증이 교차했던 태양다방 시대를 마무리하려 한다. 지금까지 지나온 길은 비교적 명료해 보였으나 앞으로 가야할 길은 어디가 어딘지 잘 보이지 않는다. 그래도 꾸역꾸역 갈 수밖에…….

변변치 않은 졸시를 묵묵히 읽어주고 즐거워해 주는 40년 지기 아라야 친구들, 타향살이 외로움을 귀찮아하지 않고 번번이 달래주는 부산 사는 오랜 친구 영석, 가장 열렬한 독자이자 비평가이며 언제나 힘을 주는 사랑하는 후배 석규에게 감사의 마음을 전합니다.

숨 쉬며 그리워하고 기억하며 흘러가다
2020. 08.
진주에서

목차

그리워하다

숨을 쉬다

흘러가다

기억하다

어느 무더운 여름날

어느 무더운 여름날
바람이 숨을 죽인 시골 양조장 옆 공터
저만치서 혼자 흙장난하는 아이.

여름 뙤약볕 속에서 하루 종일 노느라
머리카락은 노랗게, 얼굴은 까맣게 변한
아이의 머리에 착 달라붙은
땀에 젖은 머리카락을 따라
양쪽 귀밑으로 조금씩 흘러내리는 땀.

이윽고 땀 한 방울이 마른 땅에 툭.

2017. 08. 02.

철로변 아이들의 빛나는 칼

정비창 철로변에 사는 아이들이
철로 레일 위에 귀 대고 있다가
멀리서 기차 오는 소리 들리면
굵은 못을 레일 위에 놓아두고
황급히 철로를 빠져나와 기다린다.

기차가 지나간 뒤, 레일 위 못은
기다란 칼 모양으로 변해 있다.
아이들은 돌이나 담벼락에 대고
계속 문질러 칼을 만든다.
이윽고 이것은 빛나는 칼이 된다.

칼이 햇볕을 받아 번쩍인다.
이 세상 어떤 것보다 빛이 난다.
자기 칼이 제일 멋있다고
서로 자랑해댄다.

이제 아이들은 다시 못을 주우러
길거리를 이리저리 몰려다닌다.
정비창 철로변 아이들은 칼을 만든다.
다른 건 없어도 아이들은 칼 부자다.

2017. 08. 02.

그 술집

철로변에서 천방지축
놀던 아이가
어느덧 노년이 다 되어
술 마시러 가네.

울 아버지 퇴근하여
식사 후 날 데리고 가던
그 술집.
좁고 어두운 골목길 안쪽,
드르륵 미닫이문 열면
돼지기름 연기 자욱하던
그 술집.
도수 낮은 백열전등 밑
여기저기 왁자지껄하던
그 술집.

울 아버지 기분 좋을 때
가끔은 날 어깨에 태우고 가던
그 술집.

벌건 구공탄 타들어 가던
그 술집.

그 집으로 가네.

2017. 08. 22.

1969년[1] 남한산성 장경사

최근에 영화 '남한산성'을 본 후에
불현듯 어떤 기억이 떠올랐는데,
오래전, 아마도 국민학교 오 학년 때쯤
아주 추운 겨울날
친구와 친구 어머니 그리고 나
셋이 남한산성 장경사에 갔었네.

그때 영등포에서 남한산성까지
무엇을 타고 어떻게 갔는지는 기억이 없고
다만 눈이 무릎까지 푹푹 빠지는
비탈진 산길을 걸어 장경사에
밤늦게 도착했던 게 기억나네.

지금도 바람 불고 눈이 많이 오는 날이면
그날이 생각나네.

그다음 날 이른 아침에 대웅전에서
삼천배를 하면 소원이 이루어진다 하여

---

1   1969년: 1969년 7월 20일에는 미국인 암스트롱이 인류 최초로 달에 첫발을 디뎠
    으며, 우리나라에서는 9월 14일에 삼선개헌안이 국회에서 변칙 통과되고, 10월
    17일 국민투표에서 확정되었다.

절을 시작했는데 몇십 번 하지 않아
너무 힘들어 그만두었네.

그런데 친구 어머니는 그날이 무슨 날이었기에
그 추운 겨울에 멀리 장경사까지 가셨을까.
게다가 막내아들과 아들 친구까지 데리고.

그리고 보니 친구 아버지도 생각나는데,
그 당시 친구 아버지는
중학교 영어 선생님이었는데
목돈 좀 벌려고 월남[2]에 갔다 했네.
월남에서 소포가 오면
가끔 씨레이션에 든 것들을 얻어먹곤 했지.

자기 엄마를 졸라 나까지 데려가도록 했던
내 친구는 지금 무얼 하고 있을까.
언제 시간 내어 장경사에 한번 가보아야겠네.

2017. 10. 24.

---

2   월남 파병: 1964년 9월 11일을 시작으로 1973년까지 이루어진 한국의 파병 제안
      과 월남 정부 및 미국의 요청에 따라 행해진 대한민국 최초의 국군 해외 파병이다.
      베트남전 참전 8년간 총 31만 2천853명(최대 5만 명)의 병력이 파견되었다. 대한민
      국군의 참전은 조약상의 의무가 아니라 미국 측이 파병의 대가로 한국군의 전력
      증강과 경제 발전에 소요되는 차관 공여를 약속함으로써 이루어졌다.

60년대식 영등포

어렸을 때 동네 사람들이
비가 오면 진등포
바람 불면 먼등포라 불렀던
그곳.
여기저기 크고 작은 공장에서
내는 소음으로 늘 시끄러웠던
그곳.
울 아버지 다니시던 공장이 있던
그곳.

그래도 햇볕 쨍쨍한 여름날에는
제2한강교[1]
 부근 샛강으로 헤엄치러 다니고
둑 너머 목동에 메뚜기 잡으러 다니던
그곳.
미꾸라지 잡아 흰 고무신에 담았던
그곳.

장마철에 한강 둑으로 물 구경 갔다가

---

1   제2한강교: 1965년 1월 25일 개통 당시의 명칭인데, 1984년 11월 3일 양화대교
로 개칭되었다.

무섭게 넘실대는 물결 사이로
돼지며 수박이며 가재도구 등이 떠내려가면
아저씨들이 긴 장대로 건져보려고
안간힘 쓰던
그곳.

처마 밑에 고드름 어는 겨울날에는
꽝꽝 언 여의도 샛강에서
언 손 호호 불며 썰매 타던
그곳.

저녁에 TV를 보기 위해
만홧가게 주인 도장이 찍힌 딱지를 얻으려고
낮 동안 뻔질나게 드나들던
사거리 만홧가게가 있던
그곳

아무리 진등포 먼등포라 했어도
이제 그곳이 그립다.

2017. 10. 28.

나무 마루 교실

내가 다니던 국민학교 교실의
나무 마루에는
간혹 옹이가 떨어져 나가
구멍이 생긴 곳들이 있는데
청소하다 가끔 그 구멍을
들여다보면 온갖 것들이 보인다.
연필, 지우개, 크레용, 머리 묶는 끈,
구슬, 딱지, 팽이,
어떻게 거기에 들어갔는지 모르는
구겨진 시험지 등등.
꺼내 가지고 싶은 것도 많지만
마루를 뜯어낼 수는 없는 일.
아쉽지만 하던 청소를 계속한다.

세월이 지나 나는 이제 본다.
어느 따뜻한 봄날 쉬는 시간에
아이들이 이리저리 우당탕 뛰어다니고
창문에서 햇살이 교실 마루에 떨어질 때
수많은 먼지들이 팔랑팔랑 대며
빛 속으로 일제히 날아올라 가던 것을.

햇볕이 짱짱한 어느 여름날
방과 후 창틀에 앉아
뙤약볕에서 노는 아이들을 바라보며
유리창을 닦다가
무심코 고개를 돌려보니
나무 마루가 눈을 반짝이며
빙그레 웃고 있던 것을.
교실 처마에 고드름이 줄줄이
매달린 어느 추운 겨울날
조개탄 난로 위에 층층이 쌓아놓은
도시락 탑의 맨 밑바닥에서
구수한 누룽지 냄새가 피어오르던 것을.

2018. 07. 26.

여배우의 웃음소리

동시상영을 주로 하는
서울 변두리의 어느 허름한 극장
옆 골목 한 귀퉁이에 삐뚜름하게 세워져 있는
삼 분의 이쯤 그리다 만 극장 간판.
그 옆에 아무렇게나 놓여 있는
노란색, 빨간색 페인트 통 속의 붓 자루들.

저 멀리서 역마차가 먼지를 일으키며
달려오고 있고
그 뒤를 말 탄 인디언들이 창을 들고
쫓아오고 있는데,
전면에는 카우보이모자를 쓴 육감적인
금발의 여주인공이 가슴을 반쯤 드러낸 채
환하게 웃고 있다.

골목으로 좀 더 들어가면
극장 화장실과 직접 통하는
소수의 관계자만 아는 문이 있는데,
극장에서 허드렛일을 하는
동네 형이 어제 약속한 대로

남모르게 자물쇠를 열어놓고
화장실 청소를 하고 있다.

주위를 살핀 후 민첩하게
그 문으로 미끄러지듯 들어간다.
동네 형의 모른 체하며 슬며시 웃는
얼굴을 뒤로한 채 극장 복도로 들어선다.
뒤로 자물쇠 잠기는 소리와 함께
극장 안에서 여배우의 웃음소리가
살짝 열린 출입문 틈으로 복도까지 들려온다.

2018. 07. 27.

1973년[1] 초 수성 국민학교[2] 앞 문방구

바람이 많이 부는 어느 추운 겨울날
외투도 없이
빛바랜 중학교 교복만 입은 학생이
늦은 오후에
혼자 책가방을 들고
긴 그림자를 드리우며
문방구 앞을 지나가고 있다.
요즘 거의 정확한 시간대에
가게 앞을 지나가기에
문을 열고
추운데 연탄불이나 잠시
쪼이고 가라고 부르니,
망설이다가 가게에 들어선다.

추운데 어디 가는 중이냐고 물어보니,
종로2가 관철동 EM1 학원[3]에
영어와 수학 단과반을 들으러

---

1   1973년 6월 28일 고등학교 입시제도 개혁안 발표로, 1974년부터 서울과 부산에
    서부터 연합고 사 후 학군별 추첨 방식을 실시했다.
2   1977년 폐교, 현재 종로구청 자리이다.
3   단과반 전문학원, 후에 재수종합학원인 종로학원 문과 건물로 바뀌었다.

가는 중이라 한다.
어디서 왔냐고 물으니
영등포 당산동3가에서
버스 타고 매일 온다고 한다.
당산동 영도중학교⁴ 앞에서
버스를 타면 제2한강교⁵, 서교동,
신촌, 서대문 지나
최근의 큰불로 뼈대만 남은
서울시민회관⁶ 건너편에서 내려
주미대사관 옆 골목길로 해서
수성 국민학교를 거쳐
관철동 학원으로 간다는 것이다.

왜 혼자 다니냐고 물으니
자기 주변 친구들 중에는
한강을 건너면서까지
공부하려고 하는 아이는 없다 한다.
혼자 다니느라 심심하거나
외롭지 않느냐고 물어보니
평상시에도 혼자 지내는 일이 많아
크게 문제는 없다고 하며,

---

4   현재 양천구 목동으로 이전했다.
5   현재의 양화대교를 말한다.
6   현재의 세종문화회관으로, 1972년 12월 2일 화재로 전소되었다.

심심할 땐 노래를 부른다 한다.
지금도 '카프리 섬'을 부르며
가는 중이었다 한다.
오가다 추우면 가끔 들어와서
불 좀 쬐고 가라 했더니
겸연쩍게 웃으며 그러겠다고 하며
인사하고 드르륵 문을 열고
가던 길을 계속 간다.

그런데 영수 단과 두 개를 들고 나면
꽤 늦은 저녁일 텐데
저녁은 어떻게 하나 모르겠다.

2018. 10. 22.

어느 범생이 고삐리와 해태 런던드라이진

구름이 낮게 드리운
어느 늦은 가을날 오후
남산도서관을
슬며시 빠져나와
빠른 걸음으로
힐튼 호텔을 지나
남대문으로 넘어가는
육교를 건너
도큐 호텔 방향으로
내려가 호텔 뒷골목을
끼고 들어가면
돼지기름 냄새가
곳곳에 배어 있는
오래된 허름한
중국집이 나오는데,

들어가기 전에
근처 슈퍼에서
해태 런던드라이진을
한 병 사서

가방 가운데 찔러 넣고
슬며시 문을 열고 들어가
안쪽 방에서 먹겠다고
주인장에게 말한다.

짜장면을 시킨 후
몇 군데 이빨 빠진
갈색 찻잔에
황급하게 진을
넘치도록 따른 후
허겁지겁 잔을 비우고
다꽝을 씹는다.
곧이어 나온 짜장면을
안주 삼아 몇 잔 더
느긋하게 해치운 후
아무 일도 없었다는 듯
태연하게 중국집
문을 나선다.

사십여 년이 지난 오늘
하늘은 어둡고
부슬부슬
겨울비 내리는 점심때

어느 대학교 앞
깔끔한 차이니스 레스토랑에서
연태 고량주를 마시며
탕수육 조각을 씹고 있다.

해태 런던드라이진이
먹고 싶다.

2019. 02. 19.

야전과 올리비아

칠십년대
고교 시절에
야전이라 하면
껄렁이들이
야외에서 폼 잡고
시끄럽게 노는 데
쓰는 물건인데

음악은 듣고 싶고
집에 고급 전축은 없으니
꿩 대신 닭으로
없는 돈을 모으고 모아
드디어
야전 하나 장만하여
주말이면 야외가 뭐야
집에서 하루 종일
음악 감상 삼매경.

야전 스피커 두 개를
베개 양쪽에 배치하고

누워서 창밖에는
흘러가는 구름
턴테이블에는
올리비아 뉴튼 존
수학 문제는
개나 풀라 하고.

휴일에는 백판 사러
동네 음반 가게
이곳저곳 기웃기웃
사고 싶은 판은 많고
돈은 없고…
엘피판 커버에
올리비아 컬러 사진
얼마나 예쁜지!

누워서 나에게만
속삭이는 올리비아의
감미로운 목소리.
여기가 천국이야!

사십여 년 만에
잠자리에서

스마트폰에
블루투스 스피커로
올리비아 노래
블루 아이스
크라잉 인 더 레인
해뷰 네버 빈 멜로우.

오늘 밤
달이 참 곱다.

2020. 03. 16.

웅이네 집

우리 동네 떠도는 소문에는
웅이 형제가 무척이나 공부를
열심히 한다 하네.
밖에 나올 시간도 없이
공부하느라
담장 위엔 빈 우유병만
줄줄이 늘어서 있다고.

그런데 쌍칠년도에
웅이는 재수한다네.

햇볕이 이마를 따사롭게 비추는
사월의 어느 일요일
돈도 없고 갈 곳도 없고
동네 사람 눈치도 보이고.

슬그머니 기어들어 가듯이
웅이네 집으로 가서
이미 누워 있는 웅이 옆에
조용히 누워

담배 한 대 피우고 있으면
또 다른 하릴없는 친구 한둘씩
조용히 들어와 옆에 눕는다네.

친애하는 친구여,
안방에 가서 아버님 담배
몇 가치만 가져오게나.
웅이, 잠시 고민하다가
조심스레 문을 열고 나가네.

시간은 거북이처럼 기어가고
옆 친구의 얼굴엔 권태라는
주름이 생기기 시작하고
카세트테이프 겸용 라디오에선
산울림의 '아니 벌써'가
흘러나오고 누군지
허공을 쳐다보면서 중얼거리네.
이놈의 재수는 언제 끝나려나.

웅이 아버님
이제야 말씀드리지만
항상 죄송했었습니다.
자주 담배가 모자란다고

느끼셨을 줄 압니다.
아니면 다 알고 계셨을 수도…

모두 너그러이 봐주시고
하늘나라에서 편히 쉬세요.
근데요, 아버님
만약 제 아들이 그랬다면
용서하지 않았을 것 같아요.
호호호.

2020. 03. 17.

눈 오는 밤, 삼거리 주막집

탁자 위 동태찌개
식은 지 오래,
나그네 미동 없이
앉아 있다.
벽에는 빛바랜
영화 포스터
천장엔 누렇게
비 샌 자국.

연탄난로 위
옆구리 움푹 들어간
노란 주전자
뚜껑 사이로 김이
붉은 글씨로 쓰인
막걸리, 동태찌개
격자 유리문에
뿌옇게 서리고.

옆 테이블 두 사내는
한참을 떠들다

이제 지쳤는지…
뒤 테이블 젊은 병사와
아가씨는
헤어질 시간 얼마
안 남은 듯
두 손 꼭 붙잡고…
주인아줌마는 방에서
드라마 삼매경.

문이 드르륵 열리며
오십 줄의 사내가
어깨에 묻은 눈을
털며 들어오는
문틈으로
가로등 불빛 아래
드문드문 눈송이.

모두 눈 내리는
문밖을 내다보는데,
나그네 이윽고
잔을 들어…

주막집 슬레이트

지붕에 스스륵
눈 쌓이는 소리.
나그네
술 넘기는 소리.

눈발은 굵어지고
주막집 벽
고장 난 시계
열두 시에 멈춰 있고,
유리문 밖 골목길
방범등 갓에
소록소록
쌓이는 눈.

2019. 12. 31.

무진霧津에 가면
— 김승옥 선생님의 「무진기행」에 바칩니다

무진霧津에서 사람들은 거의 매일 아침에 안개를 만난다.
이른 아침, 아니 그 전날 늦은 밤부터 깔리기 시작한 안개를 두고
혹자는 무진산無盡山 꼭대기에서부터 내려온다 하였고,
혹자는 육지 깊숙이 파고든 무진만舞進灣에서 시작된다 하였다.
그 시원이 어디이든 무진霧津에서 사람들을 안개를 떼어내려고
무진無盡 애써보지만 무진霧津의 안개는 살짝 물러난 듯싶다가도
그다음 날 또다시 발목에서부터 스멀스멀 슬금슬금 기어오른다.
소금기와 더불어 안개를 가득 담고 있는 무진霧津에서
당신은 어느 날 아름다운 여인을 만날 수도 있다.
그러나 그다음 날 이른 아침에 잠에서 깨어
안개 낀 무진만舞進灣의 바닷가를 보게 된다면
이 모든 것이 무진霧津의 안개가 만들어낸
음흉스러운 장난임을 알게 될 것이다.
그리하여 퍼뜩 정신 차린 당신은 허겁지겁 채비를 차려
무진霧津을 도망치듯 빠져나올 것이다.
산굽이에서 문득 버스 뒤를 돌아본 당신은
무진霧津을 온통 뒤덮고 있는 안개를 보게 될 것이다.

2017. 11. 09.

고래
— 세월호 인양에 부쳐

고래가 작살을 맞았다.
고래가 배를 드러낸다.
고래가 가라앉는다.
몇 년 후
고래가 떠올랐다.
뼈만 남았다.
뼈를 관통하는 햇살이
눈을 찌른다.
눈이 보이지 않는다.
뼈를 뚫고 나온
녹슨 작살이
심장을 찌른다.
숨이 막힌다.

2017. 11. 30.

2017년 오월, 다시 노무현

장미꽃이 만개한
오월의 끝 무렵에
영화 '노무현입니다'를 보고
다시 노무현을 생각한다.

카랑카랑한 그 목소리,
불의를 직시하는 단호한 어투.
쑥스러운 듯한 그 미소.
분노 속에 묻어 있는 진한 슬픔.

8년 전 시청 앞 노제
노란 풍선의 물결 속에서
울려 퍼지던
"대통령을 지켜드리지 못해
죄송합니다. 편히 가십시오."
"당신을 사랑합니다.
영원히 기억하겠습니다."

이제 노무현의 세상은 온 것일까?
하늘에서 노무현 대통령은

웃고 계실까?

오월의 장미는 이토록 찬란한데…

2017. 05. 31.

산다는 건

산다는 건 기억하는 겁니다.
기억하지 못하면 우리가
만난 것도 없습니다.
그러니 끈질기게 기억에
매달려야 합니다.
치열하게 추억해야 합니다.
기억이 사라지면
우리도 사라집니다.

2017. 07. 03.

어느 늙은 병사의 병영 일기

오늘도 여느 날과 같이
투구를 광나게 닦고
갑옷 끈을 단단히 조이고
창끝을 예리하게 벼리며
하루 일과를 보냈다.
오늘도 적군이 국경 안으로
들어왔다는 소식은
어디에도 들리지 않는다.
곧 난리가 난다 하여
논에서 새참 먹다가
징집된 지 어언 삼십오 년.
어느덧 나이 육십인데
오늘 저녁에는
오래되어 나를 닮은
낡은 이불을 깁고 있다.
우리 집 밭은 누가 살고 있을까.
적군은 언제쯤 오려나.

2018. 02. 22.

영자

선창가로 통하는
가로등 희미한 골목길을
털레털레 지날 때
바람 문득 불어
구겨진 신문지가
휘익 허공으로 올라가고
생선 비린내가
이리저리 흩어지며
털 빠진
추레한 개가
바닥에 내려앉은
신문지를 킁킁대며
핥고 있고
골목 끝 선창가 쪽으로
밤안개가 스물스물
피어오르는데,

노란 불빛 흘러나오는
저 남촌옥에 가면
나의 영자가

망연히 앉아 있다가
반가운 듯 쑥스러운 듯
미소 지으며 슬며시
내 손을 잡고.
불황 탓에 벌써
술손님 빠진 지 오래,
강 언니 내실로
들어간 지 오래,
홀에는 영자와 나만.
밤안개는 이제 남촌옥
유리문을 가리고.
영자는 내 눈을 가리고.

2020. 06. 03.

그리워하다

혼자 걷는 이 길

그대 없는
이 길을 걷는다.
그대 없이
참 오래도 걸었다.

이제
내 곁에 같이 걷던
그대 모습
떠오르지 않는다.
다만
살짝 찌푸린 콧등
웃음 짓던 눈매
어렴풋이 기억날 뿐.

이 길의 끝에 서면
그대 모습 그려질까
그대 없는 이 길을
오늘도
혼자 걷고 있다.

2017. 01. 27.

그대는 누구인가

이토록 오랜 세월 동안
여러 번 꿈속에서
내가 전화하는
그대는 누구인가

벚꽃 피는 사월 오면
주말에 만나자고
내가 이야기하는
그대는 누구인가

몸이 아플 때마다
번번이 꿈속에서
내가 만나곤 하는
그대는 누구인가

그러나 꿈속에서도
얼굴 볼 수 없는
그대는 누구인가

꿈을 깬 후 번번이

이토록 허망함을 주는
그대는 누구인가

그대는 정녕 누구인가.

2017. 04. 01.

눈 오는 날, 태양다방[1]

눈이 새벽부터 사위 분간이 안 되게 펑펑 내리자
정신없이 집을 나가 버스를 내린 곳이 신촌 연대 앞.
종로에서 버스로 그녀의 집까지 가는 길의 중간 지점.
공중전화 박스에서 그녀에게 전화하려 했으나
가슴이 먹먹해져 수화기를 내려놓고 거리로 나왔다.
세상 모든 형체를 지울 듯 무섭게 퍼붓는 눈 사이로
어깨를 움츠린 채 분주히 지나가는 사람들.
이대 앞을 지나고 서대문을 지나 종로 쪽으로 걸었다.
이윽고 광화문 국제극장 뒷골목 태양다방.
삐걱 문을 열고 들어가니 안경에 김이 서린다.
형체 분간 안 되는 껌껌한 실내가 고래 뱃속 같다.
왜 이리로 왔을까, 그녀의 집은 반대 방향에 있는데…
카펜터스의 '솔리테어'가 술처럼 혈관을 타고 흐른다.

2014. 03. 24.

---

1   2017년 첫 시집의 표제 작품인데, 이번 두 번째 시집 표제 작품인 「비 오는 날, 태양다방」과 관련 작품이라 다시 수록하였다.

비 오는 날, 태양다방

지난 밤 과음으로
점심쯤 깨어났을 때
삼 년 만의
그녀와의 통화가
귓가에 쟁쟁했지만
꿈이라 생각했다.

그러나 너무도 생생하여
아무리 생각해도
꿈이 아닌 것 같아
이리저리 끙끙대다가
그녀에게 전화하였더니
어젯밤 열한 시쯤에
전화하여 한 시간 넘게
이야기하더란다.

지난밤 제대하여
동기들과 과음 후에
그녀에게 전화한 모양새다.
그동안 전화번호를 용케도
기억하고 있었던 모양.

장맛비 세차게 내리는
여름 늦은 오후에
어깨에 묻은 빗물을 털어내며
광화문 국제극장 뒷골목
태양다방에 들어섰다.

삼 년 만에 본 그녀는 무척이나
성숙해져 있었다.
이 얘기 저 얘기 주고받다가
문득 그녀를 바라보니
그녀의 모습이 너무 예뻐 보였다.
우리 다시 시작하자 하니
올봄에 오빠 친구와 약혼했다며
미안해하는 표정으로
살짝 고개 숙여 웃는다.

다방을 나와
그녀와 헤어지고 나서도
비는 하염없이 내리는데
우산도 펴지 않고
종로2가 정류장을 향해 걸었다.

빗물이 얼굴을 적신다.

빗물이 어깨를 적신다.
빗물이 바짓가랑이를 적신다.
빗물이 운동화에 스민다.
이놈의 비는 그칠 줄을 모른다.

멈췄다 떠나는 많은 버스 중에
웬일인지 기다리는
청량리행 버스는 오지 않고 있다.

비가 줄기차게 내리고 있다.

2017. 05. 29.

그때 우리가

그때 스무 살 무렵에
우리가 젊다는 걸,
눈부신 청춘이라는 걸
그때는 몰랐어요.
이제 와 생각해보니
알겠네요.

벚꽃 잎 흩날리는
어느 따뜻한 봄날
도서관에서 공부하다
옆자리 그대를 물끄러미
바라보던 기억은 나는데
정작 그대 얼굴
이제 그려지지 않아요.

그때 우리가
빛나는 청춘이라는 걸
풋풋한 젊음이라는 걸
그때는 왜 몰랐을까요.

그때 절대로 지워지지 않는
기억을 가슴에 새길 수도
있었을 텐데 말이에요.

2017. 07. 03.

스무 살 그때 그녀

처음 손을 잡으려 했을 때
미안해하지 않을 정도로
살며시 손을 빼던 그녀
야속한 그녀.

언젠가 어깨에 팔을 얹으려 했을 때
살짝 옆으로 비켜나면서
아무 일도 없었다는 듯
하던 얘길 계속 하던 그녀
얄미운 그녀.

바래다주려 집 근처
정류장에 내리면
통금 시간 걸리겠다며
바로 등 떠밀며
버스에 태우던 그녀
무심한 그녀.

2017. 09. 08.

내가 그대를 잊으면[1]

지난 밤 꿈에서 그대가
이제 잊으라고 하는 말에
너무 서러워 펑펑 울다가
잠에서 깨어
일어날 생각도 못 하고
그대로 누워 있습니다.

잊으라니요.
그대를 만나지 못하는 것만 해도
못 견딜 판인데 잊으라니요.
내가 그대를 잊으면
차강노르 호수에서
쏟아지듯 다가오던 별들의 추억과
자두나무 정원의 양지바른 벤치에
다정히 앉아 있던 기억은
이 세상에서 사라질 터인데
잊으라니요.

못 잊습니다.

---

1   트루먼 카포트의 단편 소설 제목

아니, 안 잊습니다.
그러니, 잊으라는 매정한 말 대신에
부드럽고 다정한 목소리로
나를 불러주세요.
그것으로 만족한답니다.

오늘 밤 꿈속에서 다시 만나요.

2018. 10. 23.

숨겨진 상처

바람이 몹시 부는 어느 겨울날 오후
초로의 남자가
짙은 색 옹이가 몇 군데 보이지만
나뭇결이 잘 드러나 있는 테이블에
우두커니 앉아 생각에 빠져 있다.

이별로 만들어진 상처는
나무 속 깊은 곳에 새겨져 있다.
나이테가 하나씩 추가되면서
그 상처는 더욱더 안으로 들어가고
수십 개의 나이테가 감싸게 되어
일견 없어진 듯 보이지만,
어느 날 나무가 벌목되어
제재소에서 톱날이
중심부를 뚫고 지나갈 때
상처가 그리움 되어
거기에 오롯이 드러나는 것이다.

2018. 12. 08.

그녀가 그리워질 때

사월의 햇살이
그녀의 살짝 튀어나온
이마를 비추어
반짝일 때.

학교 축제의 밤
본관 잔디밭에서
그녀가 블루스를
가르쳐줄 때.

도서관 열람실에서
문득 눈을 들어
그녀의 옆얼굴을
물끄러미 바라볼 때.

어지는 혼사뿐인
어느 술자리에서
그녀가 홀로 일어나
노래 부를 때.

주룩주룩 장마철
버스 창에 그녀의
얼굴이 어릴 때.

아주 오랜만에
그녀가 살던 동네를
지나칠 때.

2020. 03. 19.

촛불의 눈물

어두운 밤
이별의 순간에
그렁그렁한
그대 눈에서
툭 하고 떨어진
붉은 동백꽃.

2019. 03. 30.

새가 된 노래
— 이육사의 「강 건너간 노래」에 부쳐

그날 밤 추적자를 피해
황망하게 강을 건너왔는데
이제 와 가만히 생각해보니
다리 밑 강물도 꽝꽝 얼어붙은
추운 겨울 달 밝은 밤
급하게 도망가는 모습이
뚜렷이 보였을 텐데
그는 왜 추적을 멈춘 걸까.
그대가 강 이편에 남아 있으니
굳이 체포할 필요까진 없었던 걸까.

그날 그 사건 이후로
강 너머 그대 있는 곳으로
가지 못하는 신세.
가끔씩 인편으로 들려오는
그대 소식,
아직도 고초를 겪고 있다는.

이제 그날처럼 매섭게 추운
겨울 달 밝은 밤에

그대 모습 달에서 보네.
그날 사건이 없었다면
우리 지금 같이 있을까
아니면 이렇게 달을 보며
그대를 그리는 운명으로
미리 정해져 있었던 걸까.

이제야 말하지만
기억하지 못하겠지만
그대는 몰랐겠지만
그대를 처음 본 모임에서
내가 불렀던 노래
오롯이 그대만을
위한 노래였소.
이제 그대 없는 곳에서
그대를 그리며
다시 한번
그 노래를 부르려 하오.
오로지 그내 한 사람만
들을 수 있는.

달이 잠시 구름 속으로 들어가고
내가 부른 노래는

새가 되어 강을 건너가네.
그대여 내일 새벽 창문 밖
내 노래를 들으소서.

나의 노래여!
가다가 날갯죽지 얼어붙어
언 강물에 떨어지지 않기를.

2019. 09. 15.

가라 나의 노래여!

가라 나의 노래여!
새가 되어
날갯짓 훨훨 대며
가벼웁게
높은 산을 넘어.

가라 나의 노래여!
말처럼
콧김 식식대며
힘차게
넓은 들판을 지나.

가라 나의 노래여!
냇물 위를 떠다니는
나뭇잎처럼
유 유히
마을 사이로.

이윽고 그대 집 앞에
이르면

66

노래가 된 나의 숨결을
고스란히 전해다오.
그리움이 숨결 된
나의 노래를.

2019. 09. 16.

망각의 바람

햇살이 오늘같이 따가웠던
오월의 어느 날,
그녀를 만난 지 얼마 되지 않았지만
학교 축제에 그녀를 초대했지.
설레는 마음으로
을지로에서 만나
같이 버스를 타고
학교로 가며
무슨 이야기를 나누었는지
하나도 기억나지 않아.
가벼운 흥분과 들뜸으로 둘러싸인
학교 교정을 이리저리 거닐며
무엇을 하였는지도
전혀 기억하지 못해.

디민 차창 가에 비치던
그녀의 옆얼굴,
계속 대화를 이어가려
진땀 흘리던 나.
간간이 보이는 애드벌룬을

사이에 두고
왁자지껄 물 풍선 게임하는 곳을
지나쳤을 때,
퍽 하고 터지는 풍선에
그녀가 살짝 웃던 모습.
발걸음을 맞추어 걸으려
노력하던 나.
오월의 바람에 살짝 흔들리던
그녀의 원피스 자락.

부초처럼 세월 따라
청춘이 흘러가고
남겨진 빈 웅덩이엔
그리움만 쌓이다가,
그리움조차 세월에 바랜 채로
망각의 바람에 날아가고
이제 부재만이 남은
텅 빈 기억의 저편을
망연히 바라다본다.

2019. 10. 4.

유행가에 대하여

사랑과 이별에 관한
유행가 가사가 진부하고
상투적이라고 하는 사람들은
사랑을 해본 적이 없는
사람들이다.

사랑 혹은
이별을 겪은 사람은
유행가 가사 한 소절
한 소절이 그대로
자기 얘기란 것을 알기에…

그러니 유행가 가사가
시답지 않다고
생각하는 사람은
이 가을에
우선 처절하고 절절한
사랑을 하고 볼 일이다.

또한 낙엽 흩날리는

거리를 걷다가
불현듯 옛사랑이
생각난 사람은
그때 그 노래를
조용히 불러볼 일이다.

2019. 10. 16.

청춘

폭죽을 쏘기 좋은 날이
미리 정해져 있다는 걸
그때 알았더라면
가장 아름다운 불꽃을
볼 수 있었을 터인데
그게 폭죽인지도
모르다가 이제 보니
유통 기한 지나
불붙지 않네.

그때는 왜 몰랐을까…
저 불꽃 차암 곱다.

2019. 10. 18.

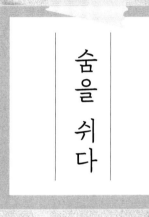

숨을 쉬다

인생

정해진 몇 마디 대사를 마치고
진행에 방해가 되지 않도록
황급하게 뒷문으로 빠져나왔다.
연극이 끝났다.

2017. 01. 01.

사랑은

소설 같은 첫 만남
영화 같은 마지막 이별
모두 생각하지만…

사랑은 맹물.
가끔 눈물이 섞이거나
소주로 변하기도 하지만
대부분 그냥 밍밍하지.

사랑은 강물.
가끔 홍수로 변하거나
물이 말라붙기도 하지만
대부분 조용히 흐르지.

우리는 그냥 그렇게 살지.

2017. 01. 01.

소주와 소금

태양조차 더위를 먹어
헉헉대는 팔월 초
어느 날 늦은 오후,
대로변 삼류 극장을 끼고
뒤쪽으로 나 있는 골목길에
후줄근한 옷차림의 사내가
급한 용무가 있는 듯 걸어가다가
길모퉁이 포장마차의 반쯤 열린
주황색 포장 사이로 들어간다.

사내는 주인장과 마주 보는
플라스틱 의자에
털썩 하고 앉으며
긴 테이블 위에 백 원을
툭 하고 올려놓는다.
주인장도 익숙한 듯
소주잔과 맥주잔의
중간쯤 되는 잔을
선반에서 꺼내
소주를 가득 따라준다.

사내는 아주 짧게 그 잔을
뚫어지게 바라보다가
바로 잔을 들어
한숨에 들이킨 후에
옆에 있는 소금 종지에서
손으로 소금을 집어
입에 털어 넣는다.

잠시 후 정면을 응시하던
사내가 살짝 한숨을 쉬며
주인장에게 무어라고 말할 듯하다가
포장마차 밖으로 나가버린다.

저만치서 휘적휘적 걸어가는
사내의 그림자가
극장 담벼락에 길게 드리운다.
어둠이 내려앉기까지는
아직 시간이 많이 남아 있다.

2018. 08. 04.

바람 부는 어느 추운 날, 비탈진 골목길

찬 바람이 몹시 부는
어느 추운 겨울날 오후
빛바랜 신문지와 구겨진 과자 봉투가
이리저리 휘날리다 내려앉는
어느 비탈진 주택가 골목길에
한 사내가 저만치서 걷고 있다.

숭숭 뚫린 낮은 담벼락 사이로
불현듯 바람이 세차게 불어
사내의 껑충한 바지를
휘리릭 감아챈다.
마른 먼지 섞인 찬바람이
붉어진 사내의 귀를
예리하게 찌르고 지나간다.

저만치 잎 파란색 대문에서
한 아주머니가 나오더니
설거지한 물을 골목에
던지듯이 냅다 버린다.

구정물 파편이 사내의 바지
아랫도리에 조금 튄다.
사내는 별로 놀라지도 않고
목을 헐렁한 외투 안으로
조금 더 움츠리며
가던 길을 계속 간다.

길바닥에 버려진
밥알 섞인 구정물에
금세 살얼음이 낀다.

어느새 나타났는지 추레한
동네 개가 끙끙거리며
냄새를 맡아보다가
바로 꼬리를 움츠리며
자리를 옮긴다.

문득 바람이 휘익 불어 개의
앙상한 갈비뼈가 드러난다.
사내의 헝클어진 머리 사이로
추위에 언 불그레한 귀가 보인다.

오늘따라 어느 집에서도

아이 떠드는 소리가 들리지 않는다.

찬바람이 무척이나 세게 부는
어느 추운 겨울날 오후
낮달처럼 온기 없는
마른 햇볕 속에서
사내는 무슨 할 일이 있는지
주택가 골목 비탈길을
허위허위 올라가고 있다.

2017. 07. 03.

상트페테르부르크행 기차

차창 밖 눈송이들이
이리저리 아우성치다가
일부는 창틀에 쌓인다.

어느 역인지 정차 시간이
무척이나 길다.
역사 지붕 위로 눈이
계속 쌓이고 있다.

건너편에 앉은
여우 털 모자를 쓴
사내가 무릎 사이에서
보드카 병을 꺼내
한 모금 마시고
입을 손으로 훔친 다음
다시 눈을 감는다.

그 옆의 젊은 아가씨
짧은 치마가 신경 쓰이는지
연신 치마를

손으로 내리고 있다.
추운지 허벅지에 퍼런 정맥이
몇 줄 드러나 있다.

참 멀리도 왔다.
이번 종착지에 도착하면
이제 다 끝나는 걸까
더 이상 돌아다니기에
너무 힘에 부친다.

아직도 기차는 움직일 생각이 없다.
차창 밖 눈은 멈출 생각이 없다.

2017. 04. 06.

세상의 모든 일을 손 안 대고 해내는 방법

나 이외의 사람 혹은 사람들에게
'이건 이런 것이고 저건 저런 것이다'[1]

장황하면서 약간 애매하게 설명해주고,
이따금씩 이 일의 중요성을
양념으로 쳐준 후에,
이제 레시피를 알려주었으니
네가 혹은 너희들이 실제로
하기만 하면 된다고 격려하면서
질문이 나오기 전에 슬며시
그 자리를 빠져나온다.

2018. 02. 19.

---

1   김세환의 〈화가 났을까〉라는 노래 가사의 일부

뼈 없는 무리들

몸 안에 뼈가 있고
뼈가 있어야 우리가
살 수 있다는 걸
뼈 부러지고 알았네
그러나 세상에는
뼈 없이도 살 수 있는
특이한 무리들이 있지

어찌 됐건 오로지 사리사욕만
취하는 탐관오리들
정치적 이념은 개나 주고
권력만 탐하는 정치인들
돈을 위해서는 수단 방법을
가리지 않는 사장님들
지조와 줏대는 집에 두고
씨기서기 기웃대는 교수님들

이 세상 도처에 널려 있는
모든 뼈 없는 무리들아
그러다가는 조만간

힘없이 쓰러질 터이니
그전에 멸치라도
꾸준히 드시게나.

2017. 01. 05.

개와 개장수

나는 보통 교수다.
우리 학교에서는 매년 두 편 이상
논문을 쓰면 삼백만 원을 준다.
학생 워크숍을 인솔차 따라가면
일회 십오만 원 준다.
학생 소모둠 활동 지도하면
일회 십만 원 준다.
이것도 그냥 주지는 않고
현장 사진을 제출해야 한다.

나는 지금 꿈속에 있다.
사위 고요한 달 밝은 밤이다.
지나가던 개장수가 담 너머로
마취제 든 미끼를 휙 던진다.
냄새도 맡지 않고 허겁지겁
목 니머로 미끼를 넘기는
나는…

무릇 개라면 집이라도 지켜야 할 텐데
나는 지금 행복에 겨워 졸고 있다.

문득 서늘한 개장수의 손길이
목덜미에 느껴진다.

2017. 02. 21.

봄도둑

우리나라 어느 지방인지는 모르나
동네 이름이 냉유冷遺골인 마을과 그 인근에서는
언제부터인지 봄을 봄이라 하지 않고 밤이라 부른다 하네.
정말로 봄을 봄이라 생각하지 않는 건지
봄을 봄이라 부르고 싶지만 차마 부르지 못하는 건지
잘 알 수는 없으나, 이분들이 하도 동네방네
봄을 밤이라 떠들고 다니는 바람에
이 습관이 온 나라에 퍼져
이번 사월에 내 마누라도 만개한 벚꽃을 보고
무심코 '밤이 왔네' 하기에 화들짝 놀랐었지.
그런데 가만히 생각해보면,
이분들의 관습대로 봄을 밤이라 하면
거꾸로 밤을 봄이라 할 수 있을진대,
그러면 밤도둑은 봄도둑이 되는 것이지.
봄도둑이 물건 대신 봄을 훔쳐 가서
세싱이 춥고 어둡게 되어 밤이 되었으니
봄을 밤이라 부르는 것도 일리가 있네그려.
그렇다면 봄도둑에게 훔쳐 간 봄을 되돌려받는다면
이분들이 봄을 봄이라 제대로 부를 것인즉,
벗들이여,

이 봄에 힘을 합쳐 봄도둑 잡으러 가세!
냉유골에 봄을 돌려줍세!

2018. 04. 24.

내 안의 대화

혼자 걷고 있으면
'움직이는 나'는
혼자인 내가
외롭다 하고
'이야기하는 나'는
인간은 원래
던져진 존재라며
괜찮다 한다.
'관찰하는 나'는
빨리 집에 가서
술 한잔하자 한다.

2017. 06. 10.

등껍질을 벗고

딱딱한 등껍질을
벗어버리고
세상에 나서면
내 연약한 피부는
터지고 곪아
아물 날이 없을 거야.
숨을 멎게 하는 바람과
칼날 같은 추위
내 상처 난 피부는
쓸리고 쓸려
누런 진물이 흐를 거야.

하지만 이제 느낄 수 있겠지
청보리 잎새 사이
사월의 바람
처마 밑에 내리는
유월의 장맛비
빌딩 사이로 떨어지는
시월의 낙엽
푸른 새벽에 찾아온
겨울의 첫눈.

2015. 11. 30.

돼지가 우물에 빠졌던 날

최근에 존 치버가 쓴
'돼지가 우물에 빠졌던 날'이라는
단편소설을 읽다가,
'돼지가 우물에 빠진 날'이라는
한국 영화가 기억나서
찾아보니 요즘 염문으로 더 유명해진
홍상수 감독 영화.
지금까지 치버를 모르고 있었는데,
치버는 레이먼드 커버와 함께
20세기 영미 단편 소설의 거장.

그 후 잊고 있다가 며칠 전에
우물에 빠진 돼지가
꺼내진 건 알겠는데
그 후 어떻게 되었는지
기억나지 않아,
다시 읽어보니
돼지는 우물에 빠져 익사했고
그 후 그 돼지를 건져 올려
들판 위쪽에 묻어준 것이었네.

그러니 정확하게는

'돼지가 우물에 빠져 죽었던 날'인 거지.

그런데 치버와 커버는 모두

지독한 알콜 중독자로

매일 술에 절어 살았다 하네.

술 우물에서 서서히 익사한 거지.

2017. 07. 04.

화장실

전 세계에 화장실은 몇 개나 있을까.
가정에도 식당에도 술집에도 있고,
지하철, 공원, 버스 터미널 등을 포함해
화장실이 도처에 있으니
우리 인간은 먹는 것보다는
배설을 중요시하는 것 같아.

그런데 유럽에 가보면 대부분의
공중화장실이 유료여서
배설을 철저히 개인이 해결할 문제라
생각하는 듯하고,
우리나라는 모든 공중화장실이 무료라서
세금으로 운영하니
배설을 국가적 문제로 취급하는 듯한데,
이에 대한 귀하의 생각은 어떠신지?

2017. 07. 05.

시간은

시간은 한 치의 오차도 없이
정시에 도착했다가
잠시 후 어김없이
출발하는 초고속 열차.

그 섬뜩한 정교함 앞에서
우리가 할 수 있는 것은
속절없이 기차에
올라타는 것일 뿐.

2017. 07. 11.

뿌리들의 세상

새들도 고단한 하루를 마치고
돌아온 지 오래인 깊은 숲.
어둠 사이사이 나무들이
어둠 속에 풀어져
온 숲이 한 몸이 되면
작은 산짐승 기척 하나 없고
나뭇잎조차 흔들리지 않는
고요와 정지의 세계가 된다.

하지만 땅 밑에서는
이제 뿌리들의 세계가 열린다.
수천수만의 뿌리들이
하루의 고된 노동을 마친 후
각자 수많은 잔뿌리들을 거느리고
청정한 물길이 흐르는 쪽으로
다리를 뻗고 뻗어
거기서 서로 반갑게 만나
얼싸안고 엉키고 부여잡고
먹고 마시고 춤춘다.
시간이 흐르며 점점

더 많은 뿌리들이 합류한다.

차고 넘치고 들끓는다.

깊은 밤 숲은 뿌리들의 세상이다.

2017. 09. 08.

깊은 산

서산에 해 질 때
구부정한 어깨로
힘겹게 고갯길을
오르고 있는 나그네여,
내게로 오시게.

곧 어둠이 오면
내 그대를 감싸 안아
재워줄 터이니
이제 그만 걸음을 멈추고
뒤돌아보시게나.
그래도 멀리 오지 않았는가.

그대 지금 잠이 필요하오.
비록 푸르른 새벽이 오면
또다시 떠나야만 할지라도.

2017. 09. 06.

나무로 살고 싶다

나 다시 태어난다면
나무로 태어나고 싶다.
먹을 것에 욕심부리지 않고
오로지 물만 먹고 살고 싶다.
필요한 에너지는
스스로 해결하며 살고 싶다.
수시로 배설물을 내보내지 않고
정갈하게 살고 싶다.
이리저리 부화뇌동하지 않고
혼자 저만치서 유유히 살고 싶다.

2017. 11. 18.

42.195 마라톤 완주 포기자

삼십 킬로에서 시작된 무릎과 허벅지 안쪽 통증으로
몇 번이고 포기할까 망설이다가
드디어 삼십칠 킬로에서
이런 상태에 이르게 된
나를 수없이 질책하면서 완주를 포기.

어기적거리며 주로에서 빠져나와
그늘진 인도로 숨듯이 올라가
절뚝거리며 걸어간다.
이쪽으로 걸어오는 사람들이
모두 나만 쳐다보는 듯.

해는 중천에 떠 있고,
사람들은 제 갈 길을 가는데
준비해온 비상금도 없고
회수차도 보이지 않고
어쩔 수 없이 결승점까지 걸어가야 하네.
비척비척, 어기적어기적, 절뚝절뚝.

2018. 02. 21.

술 먹고

흔들흔들
헝글헝글
이리저리
횡설수설
왔다갔다
비몽사몽
지끈지끈

2018. 02. 27.

첫차를 기다리며

헐레벌떡 뛰어왔으나
막차를 놓치고
이제 첫차를 기다린다,
어느 도시 시외버스 터미널
어두운 대합실 벤치에 앉아.

버스 정류장으로 난 문에서
찬바람이 휘익 불어와
어깨를 조금 더 웅크린 채
눈을 감고 앉아 있다.

지금 밤 열두 시 반
첫차는 새벽 다섯 시.
이제까지 마셨던 술이 깨면서
추운 기운이 몸을 휘감는다.
근처 여관이라도 찾아갈걸
살짝 후회가 된다.

바깥에는 사람도 차들도 다니지 않고
저 컴컴한 어둠 속에

모두 누워 잠들어 있는 듯하다.

다만 가끔 길고양이 우는 소리.

터미널 식당 냉장고 돌아가는 소리.

머릿속 상념들이 슬며시 일어나는 소리.

2018. 06. 18.

시간이 보인다

강가에 나와 앉아 있노라면
슬금슬금 왔다가
쏜살같이 지나가는 시간이 보인다.
강물이 어두워진다.

2018. 08. 16.

플라멩코 소묘

무대 측면에서 본 늙은 무희의 옆얼굴에는
노동의 피곤함이 묻어 있다.
하지만 춤을 시작하자 노래에 올라타 앉은 듯
그녀는 오히려 정지로써 움직임을 만들어낸다.

젊은 무희가 차례를 바꿔 격렬하게 춤을 춘다.
그런데 그녀의 움직임은 그냥 움직임일 뿐이다.
그러나 움직임 안에 그녀의 빛나는 육체가 있다.
이윽고 젊은 육체는 의미 그 자체가 된다.

2017. 11. 07.

어느 경영대 교수의 여름날

아스팔트에 어른어른
아지랑이가 피어오르는
어느 뜨거운 여름날 오후
어기적어기적 연구실을 빠져나와
작렬하는 태양을 머리에 뒤집어쓴 채
대학가 좁은 골목길을 안쪽으로 돌아
천장 높은 붉은 벽돌 경양식집에서
일단 뜨끈한 양송이수프로
위장을 위무한 후에
갓 튀겨 바삭한 돈가스를 안주 삼아
차가운 생맥주를 마신다.

맥주잔 바깥에 물방울이 어리고
차가운 맥주가 목젖을 찌르르
울리고 내려간 후에
곧바로 위상이 싸해지면서
어느 부잣집 정원 푸른 잔디밭에
스프링클러가 돌아가듯
온몸에 찬기가 퍼져나간다.

문득 누군가가 안아준 듯한
느낌이 들어서 주위를 살펴보니
천장에선 날개 긴 실링팬이
느릿느릿 돌아가고
벽에는 북극곰이 하얀 눈밭에서
이리저리 뒹굴고 있다.

2019. 02. 08.

지방 이주자의 서울 생각

헤어지고 싶지는 않았지만
그냥 그렇게 헤어져버린
여자 친구의 얼굴처럼,
다시 보고 싶지만
그때의 얼굴이 아닐까 봐
두려워 만나자 말 못 하는.

2018. 07. 17.

꾸준함

사십일쩜일구오 킬로
마라톤을 한 번쯤
완주하는 것은
비교적 할 만한
일이리라.

마라톤을 열 번쯤
완주하는 것도
다소 힘들어 보이지만
그래도 해볼 수
있으리라.

하지만
마라톤을 백 번
완주하는 것은
만만하게 할 수 있는
일이 아닐 것이다.

꾸준함은 그런 것이다.

2019. 12. 31.

서지 않는 기차

해가 저문 지 얼마 되지 않은 때에
저만치서 승객 몇 명 타지 않은 기차가
불을 훤하게 밝힌 채
조그마한 시골 역으로 다가오다가
잠시 정차할 듯이 멈칫하더니
그대로 지나쳐버린다.
제각기 상념에 빠져 있어
승객들은 무정차를 눈치채지 못하고
역사 안 대합실에도 인적은 없어
기차가 지나간 것을 알아차린
사람은 어디에도 없는 듯하다.
그렇다면 기관사는 알았을까 몰랐을까.
역장은 알았을까 몰랐을까.
승강장 벤치에 앉아 있는 고양이가
기차 지나가는 쪽으로 고개를 돌린다.
기차가 저 멀리서 꽁무니를 감추며
시커먼 터널로 들어가고 있다.

2018. 02. 21.

새벽 기차역

형광등만 덩그러니 켜져 있는
작은 역사 안 대합실
빈 공간에 언제부터인지 혼자 앉아
허공에 매달린 시간을 물끄러미 응시하는
중년의 저 여인은
기차를 기다리는 걸까
사람을 기다리는 걸까
아니면 단지 아침을 기다리는 걸까.

멀리서부터
기차 바퀴가 레일 이음새마다
덜컹거리는 소리가 들리고
차축이 한층 더 날카로운 소리를 내다가
서서히 기차가 플랫폼에 정차한다.

이제 여인은 기차를 바라보고 있다.
그러다 고개를 돌려 다시 허공을 응시한다.
기차가 떠나간다.

2018. 07. 04.

뉴올리언스 재즈

뉴올리언스
버번 스트리트
살짝 그늘진 곳에서
재즈 밴드 선율에
맞춰 춤을 추는
한 쌍의 커플.

흔들고 발맞추고
돌고 발 구르고
손잡고 가까워지다
멀어지면서 터언.

보아라
저들의 경쾌한 발놀림을.
즐겁지 아니한가.

보아라
서로를 바라보는
저들의 농밀한 눈빛을.
사랑스럽지 아니한가.

보아라
춤추는 와중에
슬쩍 나를 향해 보내는
블루마가리타 같은
그녀의 미소를.
은밀 상큼하지 아니한가.

햇볕 따가운 봄날
지금 이곳에서
인생이 갑자기
살 만해 보이다가
모래시계처럼
서서히 조금씩
서글퍼지지는 아니한가.

이제 더 이상
저들을 바라보는
고단한
배가본드가 아니라
저들 안의 그 무엇이
되고 싶지 아니한가.

2020. 01. 15.

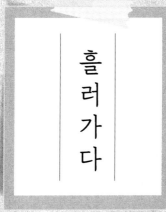

흘러가다

하동 섬진강

쪽진 머리 여인의
살짝 튀어나온
정갈한 이마 아래
깊고 그윽한 눈.

2017. 03. 05.

봄이 왔다!

근래 보기 드문 겨울 추위가 지나가자
올해 봄이 올 것인지 아닌지에 대해
온 동네에 소문만이 무성하다.
이맘때면 항상 올 듯 말 듯
애태우게 하는 봄을 두고
누구는 올해도 올 것처럼 쇼를 하다
역시 안 올 것이라 했고,
혹자는 혹독한 추위에 고생은 했지만
이번에는 틀림없이 제때에 올 것이라 했으며,
어떤 사람은 봄이 오다가 다리를 다쳐
절뚝대며 오느라 오더라도 늦게 올 것이라 했고,
또 다른 사람은 원래부터 봄은 없는 것이며
사람들이 만들어낸 환상이라 하였다.

하지만 이런저런 소문에도 아랑곳하지 않고
저 들판 아른아른 아지랑이 사이로
살금살금 다가오는 것은 무엇인가.
양지 쪽 산기슭에 매화,
산 속 호젓한 곳에 진달래,
초등학교 낮은 담가에 개나리,

어느 외딴집 정원에 목련,
강가 가로수 길에 벚꽃이
계주하듯 잇달아 피어나는 것은
누가 시킨 것인가.

연분홍 치마를 살랑이게 하는 바람이
어린 느티나무 이파리를 부드럽게 간질이고
갓 만든 빵의 속살 같은 햇살이
병아리의 노란 솜털 사이로 헤살거릴 때
밤사이 꽃잎이 열리듯
온몸으로 서서히 퍼지는 이 벅찬 기쁨!

봄이 왔다!
드디어 온 것이다!

2018. 04. 24.

벚꽃 만개

눈앞에서 팝콘이 터지며
입안에 침이 고인다.

입가에 솜사탕 같은
미소가 어린다.

맛있는 음식이
입안 가득 있는 듯
세상 살맛 난다.

2017. 04. 03.

애리조나 사막의 비

타악탁 타악탁
후두두둑
주룩주룩
뚜욱뚝 뚜욱뚝

선인장 벌새가
조용히 벌을 기다린다.
선인장꽃들이
일제히 입을 벌려
아우성친다.
벌들이 땅에서
동시에 날아오른다.

세상 살맛 난다.

그날 밤 꽃들이
모두 져버린다.

2017. 03. 26.

벚꽃 떨어짐

어제 내린 비로
떨어져 내린
벚꽃 잎.

어젯밤
벚나무가 흘린
눈물의 흔적.

이별의 날에
애써 눈물 삼키는
그대의 얼굴.

이 봄은 또
그렇게 간다.

2017. 04. 06.

동백낙화

멋모르고 전쟁터까지
오게 된 어린 병사들.
갑작스러운 야간포화에
여기저기 흩뿌려진
병사들의 사체,
땅을 적시는 붉은 피.

2017. 03. 11.

봄날의 죽순

옆을 돌아볼 사이도 없이
오로지 위로만 향하는
대나무 숲의 저 죽순들.
이제 기나긴 장마철에
먼저 비 맞을 일만 남았다.

2017. 04. 19.

오월 야산 길

멀리서 아이들 운동회 함성소리.
웅웅대는 선생님 확성기 목소리.
가끔씩 끊어졌다 이어지는 새소리.
살랑살랑 나뭇잎 흔들리는 소리.
휘적휘적 내가 걸어가는 소리.

2018. 05. 11.

방과 후 운동장

와글와글 시끌벅적
수업 시간이 끝나
아이들이 일제히
교문을 빠져나가자
매미도 잠시
숨을 고르고
축구 골대 밑
개미들만 분주히
기어 다니고 있다.

2018. 04. 26.

저녁 장맛비

어제부터 주룩주룩
쉬지 않고 내리는
장맛비에 젖은
아스팔트 도로.

젊은 미망인의
검정색 무명 치마.

퇴근길 횡단보도 앞
묵묵히 신호등을
기다리는 사람들.

세상이라는 관을
메고 가는 운구 행렬.

저 큰 건물 옥상
빗속에서 번쩍이는
전광판 광고.

어느 이름 없는

무덤가에 놓여 있는

시들지 않는

노란색 조화.

2020. 07. 02.

죽은 나무들의 열병식

유례없는 봄 가뭄으로
수몰 지구 인공 호수에
서서히 물이 마르자
팔다리는 없어지고
갈비뼈만 앙상히 남은
한때는 가로수였던
나무들이 진땀 흘리며
비척비척 걸어 나와
소리 없이 줄 맞추어
열병식을 하고 있다.

2018. 03. 06.

여름 숲

한바탕 소나기가 지나간 후
하늘이 개이자
나무들은 각기 다른 녹색 치마로
한껏 치장하고 오랜만에 나들이 왔다.

바람이 불면
친구의 말을 놓치지 않으려고
몸을 살짝 옆으로 기울여 듣는다.
가끔 고개를 끄덕이기도 한다.
슬그머니 옆 친구의 어깨를
툭 건드리기도 한다.
그러다 한 번씩 모두가 함께
소리 죽여 웃는다.

여름 숲에 바람이 분다.

2017. 08. 01.

비 오는 숲속의 나무들

낮은 하늘 오후
여름 숲에 비가 내린다.
숲속 나무들이
무얼 잘못했는지도 모른 채
운동장에서 단체 기합받는 학생들처럼
고개 숙이고 묵묵히 비를 맞고 있다.

가끔씩 티 나지 않게
머리를 살짝 흔들어
비를 털어내고 있다.
그러나 계속 내리는 비는
머리를, 얼굴을, 어깨를,
몸을 적신다.

아직 수업 종료 벨은 울리지 않는다.
어느새 여름 숲에 어둠이 내린다.

2017. 08. 02.

여름 숲이 끝나는 곳

그 숲의 끝에 다다랐을 때
숲이 내게 속삭였다.
지금 떠나지 말라고.
잠시 후 소나기가 내릴 거라고,
그 비를 같이 맞자고,
나무 밑 풀이 되자고.

2018. 07. 17.

빗방울 폭포

창밖 모과나무에 비가 내린다.
빗방울이 한두 방울
나뭇잎에 떨어지면
나무는 빗방울을
아래에서 위로 쳐내기도 하고
좌우로 흔들어 털어보기도 하지만
빗방울이 계속해서 떨어지면
나뭇잎 끝자락을 살짝 밑으로 숙여
빗방울이 쉽게 아래로 내려가도록 한다.
그러다가 위 이파리에서 내려온
빗방울이 아래 이파리로
그 빗방울이 다시 아래아래 이파리로
떨어지면서 연쇄적인 계단 폭포가 된다.
한 나무가 수백 수천의 폭포로 변한다.

2017. 09. 07.

나무들의 세월

야트막한 야산 작은 숲에도
다양한 나이대의 나무들이
층지어 모여 살고 있다.
위에는 오랜 세월을 지나온 빛바랜 진녹색.
중간에 삐기듯 서 있는 짙어진 청록색.
밑에는 아직 세상모르는 여린 연녹색.
숲속에 바람이 불면
꼭대기 나무들은 거의 꿈쩍도 하지 않지만
가끔은 힘없이 잔가지가 부러지기도 한다.
아래쪽 나무들은 조금만 바람 불어도
귀 쫑긋거리듯 팔랑팔랑
제 이파리 흔들기 바쁘다.
간혹 엄청 센 바람이 불면
위쪽 나무들은 큰 가지가 부러지거나
뿌리가 통째로 뽑히기도 하지만
아래 나무들은 위태롭게 휘청휘청
휘어졌다가는 다시 제자리로 돌아와
옆 나무들과 이리저리 손 흔들며
노느라 시간 가는 줄 모른다.

2017. 09. 14.

녹색, 숲색

인류의 최초 조상이
아프리카 사바나에서
태어났을 때
처음 마주쳤던 색.
녹색, 태초의 색.

지금 창 너머
작은 숲에서
걸어 나와
지친 나를
위무하는 색.
숲색, 치유의 색.

2017. 09. 14.

그 숲에 가면

숲 숲 숲
가슴 가득 연녹색 숨을
들이마신다.

숲 숲 숲
두 눈에 담녹색 고요가
가득 담긴다.

숲 숲 숲
두 귀에 진녹색 물결이
넘실거린다.

숲 숲 숲
발밑에서 청록색 수액이
솟구쳐 오른다.

숲 숲 숲
숲 숲

2017. 09. 15.

어느 낯선 여행지에서의 아침

늦여름 늦은 아침
호텔 수영장에 비가 내린다.
수많은 동심원들이
나타났다 겹쳐지고
밀려났다 사라진다.
화려한 열대 나무 꽃잎들이
한두 잎 수영장 물 위로
떨어져 내려
물결 따라 빗줄기 따라
이리저리 흔들린다.

2018. 02. 12.

늦은 팔월의 태양

파장 무렵의 술집에서
'문 닫는다'는 주인의 말은
한 귀로 흘려듣고
자리에서 일어날 생각이 없는 주당.

이제 왕위를 이양해야 한다는
중신들의 거듭된 말에
'알겠다'고 해놓고
매번 무시하는 늙은 왕.

해질 무렵까지 실컷 놀고도
'저녁 먹으러 오라'는
동생의 말을 못 들은 채하며
계속 놀이에 빠져 있는 동네 꼬마.

2018. 08. 06.

여름이 간다
—The Doors의 <Summer's Almost Gone>에 부쳐

어느 여름날에
옛 친구들이 모처럼
고향에서 모였을 때
화제가 떨어지자
우리는 말없이
자주 가던 언덕에 올랐다.

뒤쪽으로 해가 지고
갈대에 비치는 석양
누구는 뒷짐을
누구는 주머니에 손을
누구는 팔짱을
누구는 두 손을 잡고
지나가는 여름을 본다.
이제 여름도 거의 갔다.
고창 벌판이 어두워신다.

2019. 10. 15.

가을 낙엽 1

늦은 오후 가로수 아래 보도 위로 한 잎 두 잎 떨어지는 낙엽.
이른 아침 출근길 지하철 입구에 버려져 있는
낡은 구두 한 켤레.
늦가을 비로 아스팔트 위에 착 달라붙은 낙엽 한 잎.
늙은 무희의 분칠한 얼굴 아래 드러나는
입가의 깊이 패인 주름.
바람 불면 서걱서걱 이리저리 흩날리는 여러 낙엽들.
격렬한 데모 뒤에 도로변에 남겨진 손수건, 가방, 신발, 흔적들.

2017. 11. 07.

가을 낙엽 2

늦은 가을 오후
바람도 불지 않았는데
그늘진 강가 나무에서
마른 잎 하나 툭 하고
줄기에서 분리되어
잠시 허공에서 멈칫하더니
팔랑팔랑 내려와 강물에
쇠파리 소등에 앉듯
척하니 내려앉는다.
저만치서 흐르던 강물이
소 닭 보듯이 하다가
다시 제 길로 흘러간다.

2018. 10. 25

가을은

저 치열했던 시간도 지나가고
이제는 햇볕도 너그러워져
이마를 부드럽게 만져주는 시간.
가을 나무 아래서 단풍잎을 통해
세상을 바라보아야 하는 시간.
떨어진 낙엽들을 쓸어내는
빗자루 소리가 들려오는 시간.
이제 조용히 남아 있는 시간을
헤아려보아야 하는 시간.

2018. 11. 06.

1. 좋은 시란 무엇인가

° 시를 쓴다고 이런저런 짧은 글들을 끼적대다 보니, '시라
고 다 시가 아니고 좋은 시여야 비로소 시다.'라는 자각
이 생긴다. 그러면 좋은 시란 무엇인가 정의해보려고 하
니 명쾌하게 정리하기가 어려웠다. 그러다가 몇 년 전에
신경림 시인께서 우리 학교 초청 강연에서 '좋은 시란 이
런 것이다.'라고 설명하셨을 때 전적으로 동감하면서 가
슴 깊이 명심해야겠다고 다짐했던 것이 기억났다. 다음
글은 그때 써놓은 강연회 참석기를 옮겨놓은 것이다.

2012년 9월경, 퇴근길에 학교 정문 근처에 걸려 있는 현수
막을 보니 내일 신경림 시인을 모시고 강연회를 개최한다고
쓰여 있었다. 그다음 날 오후 2시에 강연 장소에 가보았으나
아무도 없었다. 내가 상소를 잘못 알았나 싶어 인문대학 쪽으
로 가보아도 아무런 게시 내용을 확인할 수 없었다. 그러면 학
교 정문 쪽으로 다시 가보는 수밖에…. 슬슬 걸어서 가보니 현
수막에는 강연 시간이 오후 3시라고 적혀 있었다. 왜 2시라고
생각했을까? 기억의 왜곡? 여하튼 연구실로 다시 돌아가 앉

아 있다가 3시 가까이 되어 강연장으로 갔다.

사실 신경림 시인에 관해서는 지난 시절 독재 체제하에서 저항의 목소리를 높이던 시인이자 우리나라 주요 시인들의 시를 해설한 『시인을 찾아서』라는 책의 저자로만 알고 있었고, 정작 그분의 시는 거의 읽어 보지 못했었다. 알고 있는 것이라고는 그분의 대표시가 「농무」라는 것 정도였다. 하지만, 지금까지 알려진 삶의 궤적만 보아도 매우 존경할 만한 분이라고 평소에 생각하던 차였다.

강연장 입구에 가니 그분의 간단한 약력과 시관(詩觀)을 정리한 한 쪽짜리 유인물을 나눠주기에 읽어보니 시인은 1935년에 태어나셨다고 한다. 2012년 현재 우리 나이로 78세인 셈이다. 그런데 강단에 선 모습을 보니 매우 정정하여 80세 가까이 되신 분이라고는 생각되지 않았다. 강연 중에 말씀하시길 요즈음엔 술을 잘 하지 않으나 소싯적엔 밤새워 술 마신 날이 10,000일이 넘었을 것이라고 한다. 그 치열한 전투를 넘기고도 이렇게 정정하실 수 있다니! 술을 좋아하는 나로서는 정말로 존경하기 않을 수 없는 분이다.

강연의 주제는 오늘날과 같이 각박한 시대를 살아가려면 시를 가까이하고 사랑하는 것이 필요한데, 좋은 시란 어떤 시를 말하는가에 관한 것이었다.

시인의 말씀에 의하면, 좋은 시란 첫째로 시인과 독자 사이의 소통이 있어야 한다. 혼자 중얼거리거나 난해하게 이야기하는 것은 좋은 시가 되기 힘들다. 즉, 시는 짧고 힘 있는 대화라고 할 수 있다. 혹은 작은 말로 큰 이야기를 하는 것이라 할 수 있다. 둘째, 시는 설명하는 것이 아니라 쌈박하게(시인의 표현임) 보여주는 것이다. 셋째, 시는 새로운 발견이 들어 있어야 한다. 이것이 유행가 가사와 시가 다른 점이다. 넷째, 시는 모국어를 맛깔스럽게 다룬 것이어야 한다. 사투리를 적절하게 사용하는 것도 좋은 방법 중의 하나이다. 다섯째, 시는 오늘의 현실에 뿌리박고 삶을 총체적으로 보여주어야 한다.

아무런 메모나 슬라이드 없이 이야기를 풀어 가시는 것을 보고 '대가의 경지에 이르신 분들은 확실히 다르구나.'라고 감탄하였다. 또한, 강연 중에 청년 시절에 읽은 책의 내용을 자세하게 이야기해주시고, 또 중간중간에 서정주나 이형기 시인의 시를 바로 암송하시는 모습을 보고 다시 한번 감탄하였다. 그 어려웠던 시절(아마도 시인의 청년기는 1950~60년대가 아닐까 싶다)에, 책도 청계천 헌책방에서밖에 구할 수 없었던 시대에도 신경림 시인은 저렇듯 치열하게 지성을 갈고 닦았던 것이다. 시인을 보면서 나 자신이 무척 초라해짐을 느끼고, 풍요의 시대에 사는 내가 과연 어느 정도의 치열함을 가지고 살고 있는지 되돌아보는 계기가 되었다.

2012. 09. 20

2. "제게 '시'와 '마라톤'은 삶의 '시원(始原)'과 '밑받침'입니다"

한관희 | '현대시문학'으로 등단한 시인(산업시스템공학부)

° 경상대학교는 2018년 10월, 개교 70주년을 맞이하여 교훈인 '개척'이라는 이름으로 묵묵히 자신의 삶을 살아가는 이들의 이야기를 듣고자 학교 신문사 학생 기자들이 학생, 교수, 동문, 직원 및 지역민 70명을 선정하여 『개척인을 만나다: 개척 70년, 70인의 개척인』이라는 제목의 책을 발간하였다. 아래 글은 경상대학교 신문사 임상미 학생 기자가 쓴 글을 옮긴 것이다.

어렸을 적, 에디슨이나 퀴리 부인의 전기를 읽고 과학자의 꿈을 키우던 학생은 고등학교 진학 이후, 여러 분야의 책을 접하며 과학은 인간의 생활과 인간의 감정을 다루는 학문이 아님을 깨달았다. 그동안 이과 학생으로 지낸 그는 3학년으로 진급할 때 문과로 반을 옮겨 달라고 했다가, 담임 선생님께 잔소리를 듣고 혼나기도 했다. 그 무렵, 그는 처음으로 산문이나 비평문을 쓰기 시작했다. 책 읽기를 좋아하고 오랜 시간 글짓기를 해 왔으며, 지금은 주로 시를 쓰고 있는 한관희 교수의 이야기다.

좋은 일의 연속을 부르는 '시'

"항아리에 물을 가득 채우면 넘치고 흘러나오잖아요. 흘러나오는 물을 창작품과 시라고 보는 거죠. 물이 넘칠 때까지 계속 뭔가를 채워 넣어야 해요. 그 과정에서 중요한 건 '색다른' 느낌과 생각을 발굴하는 것이죠." 한 교수는 시를 쓰는 행위를 항아리와 물에 비유한다. 그는 시 한 편 읽는 것으로 과거를 회상할 수 있다고 했다. 또한 기분이 좋아질 수도 있고, 기분이 좋아져서 하던 일을 더 잘할 수 있다고도 했다. 그는 시 덕분에 좋은 일이 연속으로 이어질 수 있음을 강조했다.

지난 2014년 '현대시문학' 여름호 신인상을 받으며 한 교수는 시인으로 정식 등단했다. 지난해에는 8년간에 걸친 자신의 문학 활동을 시집으로 묶어 '눈 오는 날, 태양다방'으로 한 권에 담아냈다. 시집은 제1부 '그리움'에 시 15편, 제2부 '사계'에 24편, 제3부 '세월'에 18편, 제4부 '생활'에 20편, 제5부 '달리기'에 4편으로 이뤄져 있다. 제목 '태양다방'은 1970~80년대 서울 광화문 사거리 국제극장 뒷골목에 실재했던 곳으로 20대였던 그가 주로 이용한 만남의 장소였다. 시를 통해 본인과 비슷한 세대의 사람들과 감정을 공유하고 싶어 제목에 넣었다고 했다. 한 교수는 "사라져서 이미 없어진 것을 복원해 생명을 불어넣고 싶어요. 즉, 기억의 저 뒤편에 있는 것을 열심히 찾아서 현재에 되살려 놓고 싶단 뜻이죠."라며 시를 쓰는 이유에 대해 솔직히 답했다.

사진 임상미 기자

현재의 순간과 나에게 '최선'을 다할 것

학창 시절의 그는 어땠을까. 한 교수는 책 읽기를 좋아하는 아주 조용한 학생이었다. 그는 책 읽기 이외에도 미술 전람회, 음악회, 특히 연극 공연 보기를 좋아했으며, 많은 학생들과 어울리기보다는 혼자 있는 것을 더 즐기는 학생이었다고 한다. 그는 고등학교 1학년 때, 아버지께서 사 주신 12권 전집의 제목과 출판사를 아직도 기억하고 있다.

"고등학교 1학년 때 삼성출판사에서 발간한 '한국현대 단편소설 전집'을 아버지께서 사 오셨는데, 첫 권부터 읽으면서 책 읽기를 본격적으로 했었어요. 시와 소설을 가리지 않고 많이 읽었는데 그때는 소설을 더 많이 접했던 것 같아요."라며 문학 작품을 읽게 된 계기에 대해 설명했다.

지금은 어엿한 시인이지만 고등학교 시절에는 시보다 소설이 쓰고 싶어서 습작도 한 편 썼다고 한다. 그 후 30여 년 동안 문학적인 글을 쓰지 않다가 2009년부터 본격적으로 쓰기 시작했는데, 소설보다는 시가 자연스럽게 나왔다고 했다. "소설은 긴 호흡이 필요하기 때문에 상상력에 많이 의존해야 되는데, 시는 사물이나 현상의 단면을 표현해야 하기 때문에 관찰력과 이해력에 많이 의존하게 된다고 생각해요. 그리고 상상력은 젊었을 때, 이해력은 나이가 들어 많이 생기는 것 같아요."라고 덧붙여 말했다.

한 교수는 또 다른 취미도 가지고 있는데, 그것은 바로 '마라톤'이다. 올 봄, 경남 의령에서 열린 '2018 전국 의병 마라톤 대회'에서 한 교수는 130번째로 하프마라톤 종목 완주에 성공했다. 그는 "교수로 재직하기 전 약 16년 정도 회사 생활을 했는데 그때는 운동할 여력이 없었고 건강을 전혀 챙기지 못했어요. 학교로 직장을 옮기고 만난 동료 교수의 취미를 같이 하게 된 것이 마라톤을 시작하게 된 계기예요."라고 했다.

▲ 경남 의령에서 열린 '2018 전국 의병 마라톤대회'에 참가했을 당시 골인 지점 앞에서의 모습이다.

"지금의 순간에 최선을 다하고 충실한 것이 중요해요. 제게

시는 존재의 의미를 다시 한번 생각하게 하는 '삶의 시원'이고, 마라톤은 재미있는 삶을 살 수 있도록 떠받치는 '삶의 밑받침'입니다." 산업공학 전공과 교수라는 직업이 어쩌면 시와는 잘 맞지 않을 수도 있지만 시집 한 권을 출간하는 것은 그의 오랜 꿈이었고 그는 꿈을 이루었다. 그렇기에 성취감도 크다.

한 교수는 "목표가 확고해서 성취를 위해 매진하는 것이 가장 최선이지만, 그것이 쉬운 일은 아니죠. 그렇기 때문에 현재의 자신에게 집중하고 주어진 일에 충실해야 하죠. 올해가 우리 대학 개교 70주년이니, 개교는 1948년이네요. 광복의 기쁨과 이에 수반되는 혼란 속에서도 미래 세대 교육을 위해 학교를 세웠다는 것은 정말 훌륭한 일이 아니었나 싶어요. 거점 국립대라는 자부심을 갖고 외부 평판에 일희일비하지 않으며, 우리만의 강점을 갈고 닦아 꾸준히 뚜벅뚜벅 걸어 나가면 경상대가 더욱 발전할 것이라고 생각합니다."라고 강조했다.

[**취재** 경상대학교 신문사 임상미 기자]